JN123391

中野　徹詩集

雲のかたち

NAKANO TORU

目次

行き先を問うひと

夜の匂いをかぐひと

「埴生の宿」を歌うひと

雲のかたち

行き先を問うひと

夜汽車

からっぽの駅に
そげ落ちた月のような棒状のわたしが立つ
遠いところで　夜汽車が
鉄橋を渡る音がする
「迎えに来い　切符はある」
下り午前二時二四分発　月行き
さびた杖と　よじれた切符を握りしめる

夜汽車がホームに入る
からっぽの駅に熱風が吹き上がる
見上げるのは今日の月

さびた杖が震える
昨日の月に還ろう
おしなべてやせ衰えた記憶が舞う
今日より少し痩せた幼い月へ帰ろう
夜汽車の汽笛が聞こえる
夜汽車がぴたりと停まる
こころを閉ざしたわたしを
杖が固い座席へといざなう

空が曇る　今日の月が隠れる
雨が降り　車窓に水滴が流れる
ホームに捨てられた時刻表が雨に濡れほつれて行く
からっぽの駅を残し夜汽車が動き出す
昨日の月に向かい　錆びたレールを
ガタンゴトンと　時を刻み始める

からっぽの空

〝何も無い
　何も無いと　わたしがわめけば
　あなたはわたしに　何をくださいますかしら※〟
と
遠い昔
とある詩人がわたしに問うたとき
わたしは　からっぽの空に浮かぶ
ひとつのうすい雲だった
何も思わない　何も考えない
何もなしえない　何ものにもなり得ない
何もない　何も　何もと　つぶやきながら

行きどころもなく漂う雲だった
そうであっても
からっぽの空にも雲は流れ
時が流れて行く
うすい雲にも対の雲が連れ添い
小さな雲が従う
何もないことに
変わりはなかったが
消えそうで消えない何かが
小さな固いものが消えては生じる
からっぽの空から
荒々しく降る
雹のようなものが生じてくる

※高野喜久雄詩集『存在』より「あなたに」

林檎

身体の中で北風がすさび　粉雪が舞うと
ぼくは林檎をかじる
機嫌の悪さを露にし　むしゃむしゃと食う
遮二無二　皮ごと食う
皮から芯へと　ぶつぶつと呟きながら食う
「おい　お前は何処の出だ
何故　金沢くんだりまで来て
こんな凡庸な男に食われてる」

林檎は平凡だ　だが旨い

ぼくは林檎に聞く
少し機嫌を直して優しく聞く　猫なで声で聞く
無骨な手で包み込み　涙ぐみ聞く
「生まれは津軽か信州か
親は息災か　子供は元気か
山の冬は厳しいだろうな」

林檎は寡黙だ　だが旨い

一粒の残った黒い種に言う
「おい　お前は俺のへそのゴマになれ
そして　凡庸に　平凡に
寡黙に生きて行こうよ
そして　また旨い林檎になろうよ」

冷蔵庫雑感

一、卵

冷蔵庫の賞味期限間際の
卵を手に取ると
卵黄が卵白に説教をしている
卵白はふて腐れている
だが　卵殻は「俺は忙しい」と知らん顔
卵のかたちを保っているのが
精一杯だと言って
冷蔵庫に帰って行った
明日　釜茹での刑にしてやろう

二、ジュース
よく冷えた　オレンジ　グレープフルーツ
アップル　トマトジュースなんぞが
朝のひかりを浴びたくて
「今朝は自分の出番だ」と
言い争っていたが
今日は　会社をサボるので
缶ビールを飲むと言ってやろう

三、バナナ
夏のバナナは冷蔵庫の内でも外でも
居場所がないらしく
今日も冷蔵庫の奥深く
青息吐息の真っ黒な顔で
「里へ帰らせていただきます」と涙声

しなびた夏の白菜と一緒に捨ててやろう

四、詩

冷蔵庫の片隅に詩が一個
横たわっている
三日前に作って冷やしておいた
妻への愛の詩
腐ってる？　食べられる？
いや　自己嫌悪で
ふて寝しているだけかも知れない
もう少し　そっとしておいてやろう

笛吹くひと

やわらかいまま
かたまりもせず
春の雲がたなびき　消える
何かを信じ
何かを閉じ
春の夕暮れが終わる

常なきは世の習いと
笛吹くひと
笛を吹く
雪解けの流れの音に

のせて
笛吹くひと
笛を吹く

夏の世のすべてのもの
すくと立ち
すくと伸びるものであれと
蛇遣いの翁のごとく
笛を吹く
はつ夏の色彩のなかで
とおい　かの島で
笛吹くひと
笛を吹く

ぼたん雪

うみをみつめる
わたしたちのかたに
雪の　そのおおきさ　しろさを
たかいそらから
ひとつふたつとふらせている
雪の　こどもたち
（つたえたい　なにか）
もう　ここにはいない　おさなごたちの
あいらしい　めや　はなや　くちから
ほとばしる雪
ぼたん雪

なみだまじりの雪
ごひゃくろくじゅうめいあまりの
かお　かお　かおが雪をふらす
しろい雪が　しろいなみまにきえる
（つたえている　なにか）
その　つめたさ　かなしみの
けっしょうが
さんがつの　ぼたん雪が
わたしたちの　だきしめる雪が
とけてしまったねがい
つもらぬはるの
さんがつのぼたん雪
（つたえたかった　あした）

※東日本大震災　０歳～９歳の死者数５６２名
厚生労働省　２０１２年９月現在

空蝉

わたしはまだ　ここにいるのだよと
ちいさな殻の肺のあたりで呟く
わたしを置いてあなたはどこへと
決して声には出さぬように首をかしげる
青紅葉にしがみつくと
ちいさな身体がぎくしゃくと
秋の風にゆれる

秋の虫の音が聞こえる
蝉時雨はもう聞こえない

一陣の風がわたしを地に落とす
ぽとりと落ちた石段の上
男根が祀られた小高い丘の上の神社
仰向けにさせられたあの朝を思い出す
風にあおられるや
あらがう術もなく石段を転げ落ちる
秋風が　まるでわたしの身体を
血も肉も心もないかのように
透き通ったわたしをもてあそぶ
心を平たく波立たせ空を仰ぐと
鰯雲が赤く染まっていく
短い命を鰯雲にして　夏の蝉たちが
少しずつ闇へと消えていく

現世の

わたしの身体は生きているのか
　生かされているのか

遠い海岸線をのぞむと
おびただしい数のフレコンバックに
現人(うつせみ)の身体がつめこまれて
整然と堤防に並ばされている

古書「やかん堂」

曇天の空の下
北国の旧街道のはずれにある
さびれた古本屋
うすいガラス戸をガタビシと開けると
詩人のねじめ正一氏に似た
むっつり顔の頭のうすい店主が
ガスストーブの前に陣取り
岩波文庫を広げ貧乏ゆすりをしている
こちらを暇つぶしの客と見透かしたか
上目遣いにじろりとにらむ
身を縮め連れてきた木枯らしに

帰るようにうながしながら
後ろ手でガラス戸をガタビシと閉める
一番奥の薄暗い書棚の前に立つと
そこは詩のコーナーで
谷川俊太郎　仲利夫　入沢康夫　天野忠
寺山修司　井崎外枝子　金井直　笠間修　等々
有名無名　硬と軟　中央と地方
古い新しいがランダムに
暇そうで眠そうな背表紙をこちらに向けている
一番下の左端に目をやると
詩集「薬缶が沸く時代」が目に留まる
よく見ると玄関の表札と著者名が一致するのに気づき
パラパラとめくるが　その難解さ気難しさに
閉口し棚に戻す
すると突然　すさまじい鰤おこしがとどろく

振り返ると　外は一瞬にあられで
うすいガラス戸を　びしびしと打っている
気づくと　そこに店主はもういなくて
年代物のヤカンがガスストーブの上で
頭をてからせ　底を黒びからせ
半世紀もそこにいるかのように
チンチンと湯気を立て
今日という時代に憤怒の形相で
沸騰していた

こらえ性のない男

男はやはり　年を経るごとに　こらえ性がなくなり
身体中の穴という穴から　奇なものを漏らす
涙をこぼし　鼻水を拭き
やたらと　痰や唾を吐き
素知らぬ顔で　屁をひねり　ひんしゅくを買う

男はやはり　年を経るごとに　感性がなくなり
閉まりのなくなった口から　奇なものを漏らす
愚痴をこぼし　ため息をつき
やたらと　駄洒落とウソを話し
押しつけがましく　愛を語り　ひんしゅくを買う

この星もやがて滅びるように
男もやがて滅びるが
性懲りもなく男は　年を経るごとに未練がましく
本音も嘘っぱちも　まとめて　丸めて
手垢のついた黒い鞄に詰め込み
袈裟懸けにして歩き続ける

最後の日にも　こらえ性のない男は
すべての帳尻を合わせ　辻褄も合わせ
自己矛盾など素知らぬ顔をして
滅びようとするこの星の片隅を
何事もなかったかのように歩く
同じところを　ぐるぐると歩く

彼岸の牛

「末期がんで三カ月だって」
父の入院先から帰るや　母が悄然として告げる
（痩せた修行僧の風情で　朝の光を受け
　彼岸の牛はうすい影を落とし　たたずむ）
父の古いアルバムをめくる　大陸の草原に
軍服姿の父が　がっちりと牛のように立っている
（川風が此岸より彼岸へとうすく動く
　鼻先を通る風の匂いをかぐと
　こころなしか　かびた墨の匂いがする）
父は背筋を伸ばし　書をたしなみ囲碁を打った
本意ではない公務員という身を　微笑みの中に静かに置いた

（草をはむ意志は失せたのか
闘病でやせ衰えた体を　四本の脚で支えながら
おもむろに此岸を振り返る）
後塵に甘んじた父の半生の旅は終わった
冷気を含んだ風が　背の高い初秋の草をそよがせる
（渡り切ってきた川の向こうで　妻と子供たちが
彼岸を伺い手を振るのを見つけようと　首を伸ばす）
父は今　なりたかったものになりえたのだろうか
寡黙な牛となり　永遠を歩き始めたのだろうか
（もう振り返りはしまいと意を決し
ゆっくりと彼岸の牛は川に背を向け　歩を進める）
此岸に置いてきたものは　伝えたかったことは
何も話さず　優しく見守るだけだった　父
秋の彼岸　長押の遺影が夕暮れの中で押し黙る
（彼岸の牛は決して鳴かない）

蝸牛

　　でで虫はかくあるべしと言わぬ虫

悩みごとを一つ背負い込んだかのように
蝸牛が歩いている
黒い鞄を袈裟懸けにかけて
八手の葉の角あたりを
ゆっくりと歩き　曲がり
溜息をついている

書けそうで書き切れなかった
物語を六月の雨が消していく

わずか八手の葉　表裏一枚の
つたない物語を洗い流していく
雨はまだ二、三日続きそうだ

かくあるべしと思い込んで
かくあるべきと真似事をした春は短く
さくらは散っていった
しかし
梅雨は長い　雨はまだ続くのだろうか

すべての帳尻を合わせ　辻褄も合わせ
すへての煩わしさから逃げ切ったはずの
遠い町の八手の葉から届いた　ことば
死んだ親父に似た声で「世間を狭く生きるな」
と　ありふれた教訓

身の程に合わず　牛でありたいと思った
若い頃の虚勢　だが
何者かであるべきと信じ続けるほどの
自信も虚勢も　もう無い

生まれ故郷の三叉路の土塀の穴を覗くと
手頃な大きさの庭の手頃な八手に
でんでん虫が　数匹日向ぼっこをしている
月並みであることの誘いがそこにはある
そろりとその穴に身を入れ　八手に昇る
初夏の日差しが　わけ隔てなく輝いている
八手の葉の中で蝸牛は　ゆっくりと眠り始める
牛になる物語を夢にみながら

この地の牛

ゆっくりと過去をめぐりながら
この地の牛はしんがりを歩いた
からかいの声をかける牝馬に付箋をつけた
ひとつひとつの思いをくさびとし
時間と空間をつなぎとめ　一冊の書物となるよう歩いた
だがふと気づき　ふりかえると
錆びついたくさびはもう　かどかどのエルの字が垂直となり
一陣の風で解け　バラバラになっていた
牛はすべてのページが　風で舞い飛ぶさまを
呆けた顔でながめた
牝馬が　地に落ちたページを無邪気に食いちぎるのを

胃酸で溶かしゆくのを　呆けた顔でながめた

時はたち　この地の牛は
胃の内に一篇のあきらめの詩を持つ孤独な牛となった
日がな一日美しいだけの詩を反芻し　かみしめる牛となった
文字や言葉ではなく　まして紙にではなく
夏には青草を食べ　青い空に白い雲で優しい詩を描き
冬には枯草を食べ　大地に赤と黒のしめやかな詩を思った

だがいつかはと　牛は思うのだ
いくつかの　ものの例え
言葉の綾　皮肉　嫌味　呪文を食べることができるなら
傲慢なすべての牝馬について
一撃の頭突きに値する詩を紙に綴りたいと
大きな美しい糞を　この地に落とし続ける

夜の匂いをかぐひと

夜の欠片

―― ナイトマネージャー日誌抄

〈夕方五時　夜勤に入る〉

夕暮れの空に宵待月が浮かんでいる
わずかに欠けた月が　うすく浮かんでいる
今日一晩　何事も無きようにと祈り　我が家を出る
制服に着替え　フロントに上がる
「バスタブに髪の毛が・・・部屋を替えて欲しい」
「タオル、歯ブラシ、スリッパが入っていない・・・」
「予約した部屋と違う・・・責任者を呼べ」
立て続けのクレームの中で
わたしの夜が徐々に溶けて行く

〈夜零時　仮眠に入る〉
夜の闇の中で　誰にも気づかれぬように息を整える
静かに目を閉じ　耳のみを立て横になる
今日という日を振り返る
語り尽くせぬことを語り尽くそうとして
何も語り得なかったクレームへの釈明の数々
真っ直ぐに積み重ねたと思い込んでいた
一日が　微妙に傾いで行くのが分かる

〈深夜二時　電話が鳴る〉
「責任者を呼べと・・・」新人のフロントマンが
声を震わせびくつく心を露に告げる
ネクタイを締めなおし深呼吸を繰り返す
心にバリケードを張り廊下に出る
恋猫の甘えるような声　テレビのどこか遠くからの声

いびき　歯ぎしり　シャワーの音
ホテルの廊下は　さまざまな夜の声に満ちている
身体から夜の欠片が外れ　コトリと床に転がり落ちる

〈数分後　フロントに降りる〉
黒装束のその筋の方々が　ロビーにたむろし
一人の男が　若いフロントマンをにらみつけている
その昔　先輩から教わったことを思い出す
（その筋の方と応対する時はイエスはイエス
ノーはノーと　相手の目を見てはっきりと告げること）
「八名だが宿泊したい　部屋を用意しろ」
「申し訳ございません　生憎　本日は満室でございます」
目が泳ぎ　言葉が震え尻込みをしている
押し問答の末　捨て台詞を残し彼らは帰って行った
押し殺した恐怖をトイレで流し　ため息をつく

ポケットに入れた夜の欠片をまさぐると
チクリと親指の腹をさすのが分かる
所詮　堅気ではないと思い込んでいた夜の仕事
自嘲で滲んだ指の血を吸う

〈早朝八時　夜勤が明ける〉

昨日という一日が奇妙にねじれ
新たな一日として積み重なる
夜勤明けという安堵からくる解放感
朝　速足で仕事へと向かう堅気の人たちの間をぬけ
家路につく後ろめたさ
片足の不自由なカラスが夜の残飯をつついている
ゆがんだ一日の　積み重なった高さを
優しく撫で真っ直ぐに整え　身繕う
夜の欠片を無理に身体にはめ直し家へと歩き始める

ホテトル嬢の子守唄

クリスマスイブの雪の夜
定年間際のホテルマンが痛む左膝をかばいながら
長年勤め上げたホテルのロビーに立っている
経年劣化で錆びついた背骨一本を頼りに
あるがままなすがまま　無為自然をモットーに
くたびれた背中を隠そうともせず立っている

夜十時
こちらに手を振りながら
顔なじみのホテトル嬢がエレベーターに　乗り込むのが見える
振り返るや人差し指を唇に当て　両手を合わせる

「お・ね・が・い」と唇が動く

今年の夏
「どちらのお部屋に」との問いに
「子守唄を歌いに八階の部屋へ」と答えた彼女
柔らかく拒否すると
「田舎に年老いた両親と幼い息子」と人情話
きつく拒否すると
「おじさんは説教好きな父親でも
道徳の先生でも　ましてや警察官でもないのに」
となじる
そして「単なるしがないホテルマン」と言い募る
くたびれたホテルマンは　さらにくたびれ
「今晩だけだよ」と根負けすると
「おじさん　やさしい」と腕をからめてくる

やさしいは多分　易しいで優しいではないと
わかっていたが　おじさんは絡めとられるに易い

客の宿帳を調べると　到着の際　若いスタッフの
応対が悪いと怒鳴っていた横柄な初老の男
職業は名の通った大企業の役員
それはそれはと得心しながらも
さぞ子守唄も歌いにくかろうと同情をする

深夜零時
「ありがとう」と手を振り彼女は帰る
「ねむれよい子よ庭や牧場に・・・」
クリスマスツリーの点滅を見つめながら
ホテルマンはモーツァルトの子守唄を口ずさむ

昼酒

昭和五十九年盛夏
駅前の古びたビルの　地下の居酒屋で昼酒を飲む
朝食と昼食を兼ねた定食の
ウスターソースで泳がせた鯵フライを一口
冷えたビールで流し込むと　上階にあるホテルの
長時間の夜勤で塞がれたかさぶたが剥がれ
うっすらと血が滲んでくる
隣りの席で国鉄の夜勤明けの労働者が五人
働くことの正しい権利について　そして
民営化への賛否を口角泡を飛ばし戦わせている
手応えの薄い半切りのゆで卵を一口齧ると

昨夜の理不尽な客のクレームがよみがえる
土下座して聞いた二時間余りの説教の
同じことをいく度も繰り返さすしつこさに
この初老の客の職場での背景を蔑み
部下のフロントマンの失態からきた
夜のアクシデントに溜息をつく
それもそうだが三日前　半同棲をしていた女性の
父親が怒鳴り込んできた
中学校の校長だという父親は
中途半端な学歴のホテルマンに
私の娘は相応しくないと言い募る
至極もっともと思い　少し生意気だが愛情深い
有名大学出身の娘の整った顔を思いおこす
大事な場面で挫折を繰り返すだけの男に
その時　戦う気力はもう残っていなかった

「いつもそうだった
あなたという人は　いつもそうなのだと
逃げて逃げまくっているだけ」　と
言い残し娘は去って行った
ひびの入った器に注いだ冷酒を一気に呷り
生酔いのままで外に出ると
蝉の声がジィジィーと覆い被さってくる
あの夏の炎昼の　日差しの眩しさは　うつむき
目をつぶらなければ決して歩けなかった

平成二十九年春
このビルは営業を終え　取り壊されるという
今日も居酒屋の足の届かない椅子に
腰掛け　昼酒を飲む
このビルからだけは　逃げるに逃げ切れなかった

男の顔が　似非ギヤマンの器に切り刻まれ
冷や汗がうっすらと流れ　コースターに四十四年間の
染みを作り始めた

ベッドメーキング

とうのたった海辺のホテル
最上階の　家族用の四人部屋
窓を開けると潮風　波音
海色に染まった夏の青空が　とび込む

おんとし七十五歳の〝さち〟は
時給八百五十円分以上の力を込め
今日の宿泊予定の四人家族のために
バスタブをみがき
便器の汚れをこすり
シーツをピーンとはる

年代物の動きの鈍い掃除機を
叱りつけ　なだめすかし　丁寧にかける
ひっつめた白髪がほつれ　汗がにじみ出る
子供たちの幼いころ
奮発して行った家族旅行の
遠い夏の日のホテルのように
〝さち〟はベッドメーキングをする
最後に窓を拭き上げ　空に浮かぶ
大小の　三つの雲が逃げ出さないように
窓いっぱいにくっきりと貼り付け
ベッドメーキングを終える
川の字に並んだベッドを満足気に眺め
一礼をし外に出ると
薄暗い廊下を楽し気な笑い声の
四人家族が手をつなぎ歩いてくる

四十年ほど前　家族旅行の帰り
突然の交通事故で　ただ一人生き残った
あの日の〝さち〟と
今は白い雲となった　連れ合いと
浮き輪を首にかけた長男と
スクール水着の長女が
楽し気に　歩いてくる
〝さち〟は深々と頭を下げ
「いらっしゃいませ」と
大きな声で挨拶をし
従業員用の扉を　後ろ手で静かに閉めた

泳げない魚

——シーサイドホテル異聞

シングルベッドの脇の薄汚れた壁
押しつぶされた季節はずれの蚊のような
いくつかの染みを人さし指でつなぎ合わせると
うお座の姿が浮かび上がり泳ぎ疲れた魚が現れる
この壁の向こうはきっと深い海に違いない
出来損ないの人さし指にも
海の森閑とした冷気が伝わる
かすかな海水の苦味も感じる
（おかあさん　ぼくは
　　ここで生きて行けるでしょうか

退化した背びれを　手と化した胸びれでさする
いく度か寝返りを打ちながら
みず色のピロケースに耳をあてると
引き潮の音と一緒に醜く進化していくことを拒絶し
死んで行った仲間たちのすすり泣く声が聞こえる
（おかあさん　ぼくは
　　　　あなたのそばで生きていたかった

陸に生きる者すべてが死に絶え
海に生きる者の選ばれた者だけが陸に上がった
屋上のダクトから空へ意味ありげな白い煙を吐き
無味無臭の汚水を海に流し続ける海辺のホテルに
選ばれ集められたぼくは〝ひとり〟だった
ヒラメ顔の不機嫌なホテルマンが
この地で生きる術を　そして

〝ひと〟としての道徳を教えるのだという
（おかあさん　ぼくは
　　　　なぜ選ばれたのでしょうか

あの日から偵察機のように黒い大きな鳥が
海をうかがい優性・劣性を選別し
悪魔のようなくちばしで仲間たちを捕らえ
青い空に浮かぶ昼月へと運んでいった
そして　残されたものが姿を変え陸に上がった
（おかあさん　ぼくは
　　　　なぜ生き続けなければいけないのですか

朝　目覚めると東の廊下の非常口の隙間より
一筋の光りが差し込んでいる
息を整えドアノブを握る

巡回中のフロントマンの怒鳴る声が聞こえる
非常口をこじ開け砂浜へと抜け出ると
おびただしい数の貝殻が散乱している
いったい彼らは貝殻を脱ぎ捨てどこへ消えたのか
いつの間にか涙を流すことを覚えていた
（おかあさん　だれがぼくを
　　　　この姿に変えたのですか

手へと進化した胸びれで朝日に光る海の水を掬い
口にしようと息苦しい胸を折りたたむ
ふらつきながら足と化した尾ひれで
海辺にたどり着きしゃがみこみ水を掬う　しかし
底の抜けた杓子のようにぼくの指の間を
大事な記憶と一緒に落ちていくだけだった
（おかあさん　ぼくは

やはり魚でありたい　海に帰ります

生きようとする死と　死のうとする生
〝ひと〟としての一歩を海に浸してみる
頭上で　黒い大きな鳥がこちらをうかがっている
青く晴れた空に　朝の白い満月が口を開けている
満ちて引く波はいつも〝ひと〟を海に引きずり込む
（おかあさん　ぼくは〝ひと〟でも〝さかな〟でもありません
泳げない魚です

雪割草

——ホテル客室清掃係〝さち〟日記抄

令和二年一二月三一日（木）
大歳の風が邪魔だとばかりに私を押しのけ追い越して行く
新しい年へと誰もが急いでいる　ホテルの客室清掃係として
三五年　七五歳　私にとってこんなに馬鹿げた一年はなか
った　コロナ禍による春先の全面休業　非常事態宣言が人を
内へ内へと押し込めた　その上　年が明けて二回目の宣言が
行われると真綿で首を絞められることになる　この禍はいつ
まで続くのかと思う

令和三年一月一日（金）
新しい年が来た　今年で七六歳を迎える　この冬の年末年始

の稼働は悲惨だ　私はこの仕事が好きだ　黙々とバスタブを磨き上げ　ベッドに真っ白なシーツを皺ひとつなくピンと張る　この年でも働けば年金の足しになる　この業界は慢性的な売り手市場だ　食うに困らない　だがこの騒動で観光業は青色吐息　明日からは　めどがつくまで休んでくれと上司

北陸の冬は長く厳しい

令和三年一月一五日（金）

昨晩夢を見た　働き蟻の私が蟻地獄に転がり落ちる夢　待ち受けている醜い幼虫が　食い殺そうと舌なめずりしている　抗う気力もなく身をすくめる　成虫となった薄羽蜉蝣の身体に居つき　美しい羽に乗って暗闇に隠れる星に飛び立つことも良いだろうと目を閉じる　目覚めれば　夜の空にぼんやりと冬の月がほっそりと浮かんでいる　今日も仕事は休みだ

令和三年二月三日（水）
立春　暦の上では春　今日は久しぶりの出勤　春とは名ばかりの雪が降り始める　朝礼で上司から三月よりコロナの軽症患者用療養型ホテルに変わると告げられる　落ち着く先はそこかと　何はともあれ生き延びることが大事なのだ　だが患者の世話は医療従事者があたる　私たちは　当然お払い箱に違いない　換気のため開け放たれた客室の窓からの早春の風が冷たい

令和三年二月二〇日（土）
今日も久しぶりの出勤　稼働は一〇室あまり　午後二時すべての清掃が終わり　片付けをしていると　一組の八〇代の夫婦が肩を並べ廊下を歩いてくる　「いらっしゃいませ」笑顔で挨拶をし一礼をする　「ありがとう　私たちこのホテルで昔第一号に結婚式を挙げたの　今夜はその日に泊まらせて頂

いたお部屋にお世話になります」　後ろ姿が　清掃を終えたばかりの一〇一六号室に消えて行く　五〇年前の風が廊下の窓から流れてくる　静かに閉めると　うす暗い廊下に古い映画音楽のＢＧＭが流れた

令和三年二月二八日（日）
最後の日　朝起きると微熱があり軽い咳がでる　身体がだるい　検査に行くには予約をしても数日かかる　遠い昔に自動車事故で亡くなった連れ合いと幼い二人の子供の仏壇に手を合わす「そばに行きたい」と呟くと幼かった子供たちが「お母さん　頑張って」とささやく声が聞こえる　一緒に働いてきた仲間に「さようなら」を言いたいと思い腰を上げる　玄関を出ると去年から育て上げてきた鉢植えの雪割草が春を告げる風に微笑み　揺れている

スナック「紫陽花」

でんでん虫が
「もうすぐ定年だな」って溜息
「食うために四十年」って鼻水
「妻子のためさ」って涙腺ゆるむ
窓に映る自分に酔っている

「役員にはなれなかったが部長にはなれたし」だって
「女房はおっとろしいけど」えっ
「娘はパパ可哀想ってかばってくれるし」
「息子は親に似ず国立大学だし　地方だけどさ」
「年金は馬鹿みたいに少ないけど

家のローンも終わったし」
けっこう自慢話

蝸牛万事塞翁が牛
禍福は糾えるカタツムリの如し
でんでん虫至る処に青葉あり

学が無いから　このぐらいしか知らんけど
人生ってそんなもの　これから　これから

わたしもこの不景気でお店たたんでお遍路に行くよ
うちのがさ　蛆虫から　蝿に出世したんよ
それにあんたみたいな男をいっぱい泣かしたからね
さあもう閉店　閉店
とっとと　奥さんのとこお帰り

冬の蝶

過去が舞い戻り
ひょっこり僕の肩にとまる
思いがけないところから
思いがけない過去が
ひょっこり顔を出す
若かりし頃の
「ぎゃーっ」と叫びたくなる過去
思い出したくなくて
頭の奥の箪笥に閉じ込めておいた過去
まわりが気をきかせて
僕を蚊帳の外にしていた過去

気もつきもせず
耳のそばをそっと通り過ぎた過去も
ひょっこり舞い戻り僕の肩にとまる
思いがけない
時間と空間の出合いが
見知らぬ過去を連れてくる
今日も
凡庸で小心者のどこが面白いのか
遠い昔に出合った
季節はずれの蝶が僕の肩にとまる
今日が僕の退職の日と
知っているかのように
お祝いの金粉をたっぷり
僕の肩にこすりつけて
冬の蝶が止まる

「埴生の宿」を歌うひと

小石

ひとりぼっちの
いじめられっこの少年が
路地で　足もとの小石を
こつんと蹴ると
少年の長い夏が終わる

蹴られた小石は　数センチ先で
ころがされた長さの不足を
補うように　夏の夕暮の
うっすらとした影を
付け足すと　心配気に

少年を見上げる

路地の奥で半身を隠し
それを見つめていた
老猫が心配そうに　一声鳴くと
小石はかすかにコロンと揺れて
秋の影を少し足した

秋風の吹く頃

羽咋市川原町本念寺
幼い私がトントントンと石段を駆け上がる
山門をぬけると広い境内がある
大きな銀杏の木の下
相撲の好きな親父が胸をだす
大きな腹をたたく
鏡里のような腹をつきだす
か細い千代の山が蹲踞の姿勢をとる
ゆらそうとする風と　ゆれようとする銀杏の木
互いに見合う
新しい母親になつかぬ千代の山が突っかかる

突っ張っても押し切れぬ　届かない心の底
親父の思いが大きなすくい投げをうつ
幼い心と体を空に大きく舞い上がらせ
地面にやさしく下ろす
裏の墓場からもどかしげな風が吹く
羽咋市川原町本念寺
親父と幼い私がトコトコトコと石段を駆け下りる
下りてすぐ右手に古めかしい家がある
新しい母親が新しい妹を背負い
鶏のもつ入りカレーを煮て
待っている家がある
秋風が覗く家がある

青林檎

押し黙る男の性（さが）や青林檎

幼いころ
あまりにも冷たくて　手放した
青い月のように
テーブルに置かれた青林檎が
深夜に一個
窓からの月のひかりを受けて
冷ややかな皮膚をこちらに向けている
寡黙だった父の命日　さしたる行事もせず

一枚の父の写真と
父の好きだった
「月桂冠」のワンカップ
そして　一個の青林檎を供え
寄る辺ないもののように
押し黙った青林檎と見合う

無口な父と子の
長い沈黙は　今も続いている
自らはひかりを発することもなく
受けてのみあることの
諦めの薄いひかりを放っている
あのころ　青林檎のあまりの酸っぱさに
口をすぼめたまま　今も押し黙りつづける
父と子がいる

落　葉

遅い秋の夕焼けに
浮き上がる父の部屋の
かびくさい書棚
棚の左下に大岡昇平の「武蔵野夫人」
手にとり頁をめくっていくと
赤く染まった押し葉の栞が
ゆっくりと舞い落ちて行く
拾い上げ　葉柄をくるりと回し
虫食いの穴から秋の夕焼けをのぞくと
父と幼いわたしが近くの境内で
落葉を拾う姿が見える

読み終えた「野火」の
一頁目に挟んであった
父の大陸での軍服姿の色あせた写真と
落葉の栞を一緒に挟み
「武蔵野夫人」とともに
書棚にもどすと
赤く染まっていた長押の
実直だけが取りえだった
父の遺影が
晩秋の闇に消えて行く

読まれない物語と
読み終えた物語が
冬の夜を迎えようとして
静かに目を閉じて行く

土器（かわらけ）

土器が土間にたたき割られる渇いた音がする　新しい母
が嫁いできた秋晴れの昼下がり　幼いぼくと姉は　壊れ
やすい　ものの形としての　うすく　もろく　あやうい
影を土間に映し　手を握りあっていた　ぼくは　早くあ
の日に帰りたいと姉に告げた

丘の上の結核療養所　盛りの過ぎたコスモスが晩秋の風
になぎ倒されている　姉と二人　白いカバーを付けた毛
布に覆われ　横になっている母をベッドの脇から見つめ
ていた　その盛り上がりは薄く　どこにも影を作り得な
いかのような母が　もう決して抱きしめては貰えない母
が　うすく　もろく　あやういかたちで　横になってい

た　窓辺の素朴な土器に挿されたコスモスが　早く家に
帰るように告げた

十二歳の夏休み　少し成績の上がったぼくは調子にのっ
た　夏風邪の熱のある中　市民プールで一日中遊び呆け
た　気がついたら結核で亡くなった母と同じ療養所のベ
ッドの上だった　胸の内のうすい影に一年間の休日を与
えられた　見舞いに来た姉がふくれっ面で「お母さんの
真似をして」と揶揄した　胸の中で　壊れやすい何かが
割れる音がした　姉に「もう帰って」と背を向けた

入社五年目　身に合わぬ仕事に疲れていた　毎晩のごと
く安酒におぼれた　コップになみなみとつがれた二級酒
あふれた酒が受け皿の土器にたまる　安酒で水増しした
ぼくの身の上話に　母と子の人情話に　酸いも甘いも知

り尽くした八十近くの女将があきれ顔をして紫煙を吹き
上げる　受け皿の酒をいじましく口から迎えすすり上げ
ると　あの日から積み上げた一日一日がガラガラと崩れ
落ちた　女将が「看板よ　帰って」とぶっきらぼうに告
げた

冬の小春日和　古希を目前のぼくは　断熱材と二重ガラ
スでフル装備したマンションで　退職後の日々を過ごし
ている　窓辺に白い土器が一つ　白いシクラメンを咲か
せている　冬の蝿が微動だにせず土器にしがみついてい
る　すでに父も母も亡くなり　一緒に腹違いの弟を三十
半ばで連れて行ってしまった　みな土に帰った　妻が
台所で洗い物をしている　ガチャンとすさまじい音がし
「パパのご飯茶碗が…」と叫んでいる

落日

夏の夕暮れ
老いた牝馬の手綱を引いて
水平線を見に来た
物言わぬ馬の
物言わぬ歩みとともに
何も語らず　何もしない
ただ濡れた鼻先に触れ
水平線に日が沈むのを見に来た

この馬に乗せられ　浜辺を駆けた日の確かさ
もう決して　この馬には乗れないとの諦め

砂浜に足を取られながら
おぼつかない足取りで
波打ち際にたたずむ　陽が沈んでいく
沈み行くものとしての陽は大きく赤い
限りない水平線の継続の意味するもの
水平線の遠くが霞んで見える

はっきりとしたものに責任はない
ましてや　ぼんやりとしたものにも
決して　責任はない
まして過去にも…

水平線が陽を飲み込んでゆく
茜色に染まる波とともに　陽は消えてゆく

老いた牝馬が
長い首すじにうっすらと汗をかき
優しい目をこちらに向ける
達観と諦観の目をこちらに向け
遠い水平線を見つめ続ける
そして　意を決したかのように
この星の半分の闇の中へと
歩を進め始める

和ろうそく

古い居酒屋のインテリアのろうそくに火が灯される
貴女の顔が灯りの向こうの影の中で
私の求婚に戸惑っている
いくつかの不安と　いくらかの楽観
四十年の年月の経験から来る哀しみ　諦め
しばしの嘘に騙されてみようと
首をたてにふる　貴女がそこにいた

四十近くの娘を頂きたいと
四十近くの男が告げると
「こんな娘で良かったら」と義父は答えた

横で義母が「あなたなら気を使わなくて良さそう」と
一帳羅のちんちくりんの紺の背広に身を守る私につけ足す
義父も義母も一途で正直な人たちに違いない

仏壇の古い和ろうそくの芯に火を灯すと
お彼岸の風にゆらゆらとゆれ
貴女の顔もゆらゆらとゆれ
義母は右手で左手の甲をさすりながら
ご先祖さまに　これで良かったのかどうか　と尋ねる
ろうそくの灯は　ゆらゆらとゆれるばかりで
私の顔をちらちら眺め　うんともすんとも答えない

二年後
四十を越えた夫婦に　思いもかけず
男の子　女の子と立て続けに授かると

義母は盥に満たした湯で　ガーゼのタオルを使い
やさしく赤ん坊を洗い
義父はゴルフのパットを立て続けに外し
「明日からは長生きのため　グラウンドゴルフをする」と宣言をした

あれから三十年
今日は男の子の結婚式で　義父は数年前に九十を越えるや
ゆっくりとろうそくの灯を消したが
義母は車椅子から立ち上がらんばかりに
キャンドルサービスの灯を見ていた
新しいともし火が　引き継がれるのを見ていた　が
安堵したのか
翌年　和ろうそくの火を手うちわで消した

ねじり花

捩花の長き不在の高さかな

育ての母が亡くなって
無人の家の
荒れた裏の庭に
一本の野の花
ぽつんと高く
ねじり花
「可愛いね」と
姉が言う

時が
ねじれた花
いろいろあったとも
本当は何もなかったのだ　とも
わかっているのに
すべて　わかっているのに
すべてをこらえて
姉は言う
「可愛い花ね」と
ねじり花

十一月の空

—夕暮れ

何者かであろうとして
雲はかたちを変えていく
晩秋の夕暮れは寂しく
何者にもなり得なかった　十一月の雲が
空一面にどんよりと広がり
やがて　夜のとばりに人知れず消えていく

—夜

生きていくための
途中なのだと夜道を急ぐ

一周遅れの十一月の満月は
雲も星も従えず
秋の夜長の一瞬一瞬を　静かに
かまえることもなく夜空に浮かんでいる

―朝

今どきだったろうか
弟が若くしてガンで死んだ朝
薄っぺらな涙ごしに朝月がゆがんで見える
川面をながめると　男川が
朝焼けをきらきらと光らせながら
冬支度を始めている

―昼

陽のぬくもりが沁みこんだ

真っ白なシーツを
あの日　母が　赤ん坊だった弟のそばで
〝埴生の宿〟をハミングしながら
几帳面にたたんでいるのが見える
見えないものが見える十一月の不思議

—十一月の雲

弟の二十三回忌
剥き急いだ林檎のような昼月が
弟の忘れ形見の
優くん夫婦を見つめている
十一月の雲はようやく意を決したかのように
西の空へと静かに動き始めた

ハンカチ

妻が背をまるめ　しかめっ面でアイロンをかけている
色とりどりのハンカチに丁寧にかけている
腕に力を込め　ゆっくりと皺を伸ばしている
ちょっとした事では動じないぞとの意志を
額の汗ににじませている
私との間を通り過ぎた後悔の日々に
勢い良く霧を吹きかけている
あの日の私の悪意をアイロンの熱で溶かし
少し残った善意を伸ばしている

子供等との一喜一憂の一日の

亡くなった父親と弟との追憶の一日の
母親の老いへの心労の一日のハンカチに
丁寧にかけている
最後に
私の退職の日の真っ白なハンカチを
少し後悔の染みがついた面を
内側に折りたたみ　四隅を整え
やさしく擦り　抽斗にしまった

無用の長物

妻が刺繍を編んでいる
真っ白な布に色とりどりの花を描いている
となりでわたしは詩を編んでいる
古希の記念にと　初めてで最後の詩集の一編を紡いでいる
そう言えば　茨木のり子の詩に
「詩集と刺繍」という詩があったはず
本屋で詩集の売り場を尋ねたら刺繍の売り場
　に案内された話　その詩の最後に
〝共にこれ／天下に隠れもなき無用の長物〟
とあったはず

妻は言う
私の刺繍はわずかながらも稼いでいる
わずかだが生徒もいて授業料が入る
ときには年に一点ぐらい売れることもある
反してあなたの詩集は　うん十万の自費出版
とんと役たたずと　針を刺し運ぶ指に　皮肉を込める
長年の薄給に　私の来し方に嫌味を言う

妻は言う
あなたの詩集も私の刺繍も無用の長物
二人でコツコツと　日々を編んで来ただけ
自慢も自虐もないけれど
日々是好日　無事是名馬と編んで来ただけ
それでよし　それ以上は望まぬと
赤い糸をぷつんと切る

春の宵

花疲れからか　妻がいびきをかいて寝ている
遠い昔の嫁入り道具の掛布団をだきしめ寝ている
この布団でかけがえのない子供がふたり
生まれたことで　安心したのか精根つきたのか
妻はいびきを二往復させ
ふとった背中やお尻を無防備にして寝ている
春の闇に　いびきとともに
昔のいさかいや　酒や薔薇や
それにまといつくお金なんぞが溶けていく

ベランダで息子と娘と三人で

夜桜を眺め　缶ビールを飲んでいる
「パパはお母さんと結婚して幸せ」と聞くふたり
それはつきなみなと言葉につまりながら
結婚していなければあなたたちは存在しないし
こうして三人でささやかに飲んでもいないし
と　しどろもどろに
ちょっと気のある職場の女のことを片隅に追いやり
「あたりまえ」と答えながら
缶ビールを　ぐしゃりと握りつぶす

春の夜風に追いたてられ部屋にもどると
妻はあいかわらず　鳶が鷹を産んだような顔をして
掛布団をけとばして寝ている
遅咲きの八重桜　かくのごとしと
ぼってりと寝ている

鬱と妻と牧師と

いくすじかの秋雨を紡ぎながら
教会の前庭のコスモスが揺れている
「洗礼をうけたい」と妻が打ち明ける
ビニール傘をくるくる回しながら
「絶対に」と言い足す
カトリックとプロテスタントの
区別もつかないぼくは
妻が優しいマリアさまに
生まれ変わるのものだと思い込み　了承する
ぼくにはノーという言葉がない
その頃　鬱でからっぽだった

教会の中庭で　もみの木の枝々が
飾られた豆電球の重さに傾いでいる
教会では　妻が牧師にひざまづき
こうべを垂れている
頼りないぼくを離れて
神に添い遂げることを誓った妻は
ぼくへの悩みを打ち明けているのだろうか
牧師が　胸元の十字架を握る
讃美歌五〇六番「たえなる愛かな」が流れる

教会の裏庭の垣根を抜けると
椿の実はつややかさを失い
いくつかはもう　地に落ちている
〝氷を弄べば水を得るのみ〟と

言ったのは誰だったろうか
鬱を弄んだだけのぼくの旅は終わり
すべては　牧師にゆだねられた　らしい
「すべて疲れた人　重荷を負っている人は
神のところへ行きなさい」と
妻と牧師は告げるだろう
だが　ぼくは
仏さまのように穏やかな人だったと
揶揄とも蔑みともつかぬ
言葉を負って亡くなった父の墓前に
ワンカップの酒を一本供え
もう一本を一気に飲みほす
冬ざれの墓地に
薄日がさし始める

虫の居所

とあるところの　とあるおじさんが
若かりし頃の数々の恥ずかしい所業を思い出し
突然「ギャーッ」と叫ぶや　思わず口を手でふさぎ
その「ギャーッ」を慌てて　ごくりと呑み込み
周りを見わたします
誰にも気づかれなかったと知るや
素知らぬ顔ですたすたと歩き出すのです
口を真一文字に結び
苦虫を噛み潰したような顔をして
歩いているおじさんは恥ずかしい過去を
たぶん

たくさん持っているに違いありません
歩いているともたつく足が
よく段差につまずきます
その拍子で　口の中で飼っている
苦虫を噛み潰すのです
加齢臭がきついのも　息がちょっと臭いのも
苦虫を　三匹噛み潰したからなのです

言い伝えによると
今日は庚申※という日で
身体の中の三匹の虫が　還暦を迎えたおじさんの
昔のけしからん所業や噛み潰された回数などを
天の神様に告げ口に行くという日です
（よく知らないけれど　らしいです）
神様に認められると寿命が縮んでしまうのです

おじさんが心配のあまり
いつもの晩酌も慎んで
来し方の諸々を詰め込んだ
抽斗をどたばた開け閉めしていると
「弱虫小虫挟んで捨てろ」と
虫の居所の悪い　かみさんに叱られます
脛の傷を思わず隠します
秋の夜長
どこかで鈴虫が鳴いています

※庚申（こうしん・かえのさる）信仰＝庚申の日に、体の中の三匹の虫が、天帝のところに行って、宿主の悪行を報告するという伝説

おくるみ

君たちのいのちが　僕たちふたりに
授けられたのは
やはり　思いがけないこと　だったのだけど
お互い四十の間際で一緒になり
四十をこえて　授けられた君たちが
恥かきっ子だと思ったことはない
ときに　おじいちゃんですか　と間違えられても
幼い君たちを　春のもも色　夏のみどり
秋のあかねと　冬のまっしろな　おくるみで包み
君たちを育んだ日々は　至福の季節だった
夜泣きをして　訴える君たちの泣き声の

健やかでありたい　賢くありたいとの願いは
叶えられたのかどうかは　分からないけれど
君たちがもたらした　新しい季節の息吹が
僕たちを幸せにしたのは事実だ　と
感傷にひたる二十年後の夜更け
君たちは　いつのまにか　おくるみをぬけ出し
南の島のモスラとなって　遊びほうけ
寒い冬の朝になっても　帰ってこない
僕は男だから　かまわないのだけど
ときに　お母さんが手ぐすね引いて　もう一度
君たちのお尻を叩きたいと　待ち焦がれているので
早く　おくるみに帰っておいで

夏のおでん

少々面映ゆいことではあったが
息子の誘いで　二人で酒を飲んだ
梅雨明けが宣言された日で
夕方から夜の帳の内側の熱帯夜へと　ほたる橋を渡り
駅のおでん屋の〝黒百合〟に向かって
二人は無言で歩いた
（男同士でいったい何を話そうか）
父親に似て薄くなりつつあるおでこを
母親に似て少しは端正な横顔を
ちらちらとうかがいながら
ギクシャクと思いあぐね歩いた

おでんを一皿と　生ビールを注文し
型どおりの乾杯をした
「調子はどう？　元気？」
昨年結婚して所帯を持った息子に尋ねる
「別に　こんなもんやね」
がんもどきを口に入れ　素っ気なく答えた
そう言えば　親父と初めて飲んだのも
半世紀近く前の　熱い夏の夜だった
親子ともども薄い頭を　繁華街のおでん屋の
〝高砂〟の暖簾をくぐらせ席につくや
中途半端に都会から逃げ帰った
惣領の甚六に「調子はどう？　元気？」
と　親父は照れ臭そうに尋ね
息子は「別に　こんなもんやね」と

大根と鰯のつみれを注文しながら
ぶっきらぼうに答えた

話が弾むこともなく時間が過ぎた
父親に似て酒好きな息子が
酒を飲むと止まらなくなる父親に
唐突に「子供が出来た　男の子らしい」と
おでこに汗をかいたたまごを
箸で半分に割り口にするや
コップ酒を一気に飲み干した

日日草

日のひかりひとしく浴びて日日草

園児たちが踊っている
色とりどりの帽子をつけて
初夏のひかりの中を
大きな声で歌いながら踊っている
わたし達の娘もその中で踊っている
小さな口をワンテンポ遅らせ
細い手足をツーテンポ遅らせ踊っている
お友達に早く追いつきたいという思いが
ぎくしゃくとしたステップを踏んでいる

〝うんち〟が言えなくて
三ヶ月遅れで入園した幼い娘
心配性の親に四十過ぎに出来た
恥じかきっ子が踊っている

園庭にぐるりと日日草が咲いている
色とりどりの花を咲かせている
見上げると青い空から
初夏のひかりが
こどもたちにも　日日草にも
わたし達夫婦にも
向かいのホームの日向ぼっこの老人達にも
となりの町の保育園や葬儀場の
建設反対の幟旗にも
みなひとしく　降り注いでいる

浮き人形

家族四人の幸せと　世界七十七億の幸せと
どちらが大ごとだなんて　まったく別問題なのだと
わかりきっているのに　それにつけても
今年の長い梅雨はいつ明けるのだろうか

人っ子一人いないデパートのおもちゃ売り場
店員がマスクの下で愛想笑いを浮かべている
アヒルや金魚や浮き玉　浮き人形のセール中
丸い桶に水をはり　楽し気に浮いている
ウィルス騒ぎで　ここ半年ほど会えずにいる初孫
送られてきた伝い歩きの動画を思い出し　即

大きな金魚と小さなアヒルを買い求める

夜九時のニュース　世界の感染者1億7818万人※
大ごとになりつつある様子を報じている
いったい明日はどう変わるのだろうかと
大きな金魚に問いただし
小さな黄色いアヒルを連れて風呂に入る
手で押さえ　沈めたり浮かしたり
ふと一句浮かびつぶやく
「浮いてこいアヒルも金魚も会えぬ孫も」
やはりちょっぴり寂しく心細い　両手で顔を拭うと
浮き上がったアヒルが無邪気ににこりと笑う
朝の来ない夜はないのだと　自分につぶやき
世界にもつぶやき　小さなアヒルと風呂を上がる

※2021・6・20現在（NHK）

あとがき

詩を書きはじめて十年余りになります。某地方ホテルに勤務し四十年余り、定年退職を機に、時間をどのように使おうかと迷っていたとき、金沢文芸館の講座の案内が目にとまり、さっそく詩と俳句等の講座に申し込みをしました。その時の詩講座の講師に新田泰久さん、井崎外枝子さん、杉原美那子さん、内田洋さんがいらっしゃいました。今もこうして詩を書き続けているのも、講師の方々のあたたかいご指導の御陰と感謝の念に堪えません。特に新田先生が、日頃おっしゃっていた「詩は経験である。詩は香りであり、感じるものである」の教えが心に残っています。また、他の方々には、出来るだけ簡潔に言葉を使うこと、特に最初の一行と最後の落としどころの言葉の大切さを習いました。勿論、その通り実践出来ているとは言い難いのですが、常にこれからも心がけて行きたいと考えております。

講座の終了後、詩と詩論「笛」の同人となりました。同人の皆さまには、合評会等であたたかくご指導いただき、公私ともにお世話になりました。そして皆さまの後押しで、この一冊の詩集が日の目を見ることができました。

日々の中で感じ取ったことを、随筆、日記のように書き綴っただけの〝詩もどき〟ですが、ご一読いただければ幸いです。

またたくさんの助言をいただきました能登印刷出版部の奥平三之さんに深く感謝いたします。

二〇二一年六月二五日

中野　徹

中野　徹詩集「雲のかたち」

新・北陸現代詩人シリーズ

２０２１年７月25日発行

著者　中野　徹

編集　「新・北陸現代詩人シリーズ」編集委員会

発行者　能登健太朗

発行所　能登印刷出版部
〒９２０・０８５５　金沢市武蔵町７-10
ＴＥＬ ０７６・２２２・４５９５

印刷所　能登印刷株式会社

ISBN978-4-89010-790-2